D0923110

ück, dann du

Erst ich ein Stück, dann du

Patricia Schröder
Mirella und das Nixengeheimnis

Mirella und
das Nixengeheimnis

Patricia Schröder

mit Illustrationen von Dorothea Ackroyd

cbj ist der Kinder- und Jugendbuchverlag
in der Verlagsgruppe Random House

Umwelthinweis:
Dieses Buch wurde auf chlorfrei gebleichtem
Papier gedruckt.

Gesetzt nach den Regeln der Rechtschreibreform

1. Auflage 2008
© 2008 cbj, München
Alle Rechte vorbehalten
Buchidee und Konzept: Patricia Schröder
Umschlagbild und Innenillustrationen: Dorothea Ackroyd
Umschlagkonzeption, Innenlayout und Satz: Anette Beckmann, Berlin
HF • Herstellung IH
Reproduktion: Lorenz & Zeller, Inning a.A.
Druck: TBB, Banska Bystrica
ISBN 978-3-570-13411-5
Printed in the Slovak Republic

www.cbj-verlag.de

Inhalt

Geheimniskrämerei

Mirella saß mit ihren Freundinnen Lalina und Sike auf dem großen Korallenriff, das sich gegenüber der Nixenschule befand. Hier verbrachten die Meermädchen ihre Pausen. Sie spielten mit den Fischen, Muscheln und Krebsen oder errichteten auf dem Meeresboden prächtige Sandburgen. Mirella, Sike und Lalina waren in der vierten Nixenklasse und gehörten damit zu den ältesten Kindern an der Schule. Das Burgenbauen überließen sie mittlerweile den Meerjungen und den kleineren Nixen. Sie selbst hatten andere – wichtigere – Dinge zu tun.

Lalina und Sike verbrachten ihre freie Zeit am liebsten damit, ihre langen Haare zu kämmen und ihre prächtigen Schwänze zu reinigen.

„Heiliger Neptun!", stöhnte Sike.

„Zwischen meinen Schuppen sind

hundert und eine Million Sandkörner. –

Mindestens!"

„Und meine Schuppen werden

an den Rändern schon ganz grün",

jammerte Lalina.

Mirella schwieg. Ihr war es egal, wenn ihre Schuppen grüne Ränder bekamen. Das fand sie sogar ganz hübsch. Und die Sandkörnchen wurden durch die Schwanzbewegungen doch ganz von alleine wieder herausgespült.

Mirella war sehr sportlich. Sie hatte beim Schnellspurt schon viele Perlmuttmedaillen gewonnen und im Kunstschwimmen war sie seit Monaten unschlagbar.

„Seht mal hier", sagte Lalina. Sie streckte ihre Hand aus und deutete auf einen winzigen Muschelring, den sie am kleinen Finger trug. Er schillerte in allen Regenbogenfarben.

„Oh!", rief Sike. „Wo hast du den denn her?"

„Die Muschel hab ich gefunden",

erzählte Lalina.

„Und Mama hat mir einen Ring

daraus gemacht."

„Toll!" staunte Sike.

„Ja, gaaanz toll!", ertönte eine Stimme

hinter ihnen.

Sie gehörte Raja, einer Nixe

mit großen grünen Augen.

Ihre langen schwarzen Locken

waren mit blauen Perlen geschmückt.

Raja war eine Klassenkameradin von Mirella, Lalina und Sike. Sie thronte in einem Büschel Seeanemonen und warf einen abfälligen Blick auf Lalinas Hand.

„Ein Muschelring!", rief sie. „Das ist ja absolut sensationell! Wirklich außergewöhnlich!" Lachend warf sie den Kopf zurück. „Deine Mami ist ja eine echte Basteltante!"

„Du bist doch bloß neidisch", sagte Sike.

„Ja klar", spottete Raja. „Ausgerechnet ich!"

Sie spielte mit der Perlenkette,

die sie sich dreimal um den Hals

geschlungen hatte.

Angeberin!, dachte Mirella wütend.
Immer musste Raja die Beste, die Schönste und die Reichste sein! Noch nie hatte sie gejubelt, wenn Mirella eine Medaille

gewann. Und noch nie war sie stolz auf eine besondere Leistung eines Mitschülers gewesen. Im Gegenteil: Während sich Mirella, Lalina, Sike und alle übrigen Meerkinder mit ihren Klassenkameraden freuten, wenn ihnen etwas Tolles gelang, hockte Raja immer nur da und machte ein obergriesgrämiges Gesicht.

„Wollt ihr gar nicht wissen, woher ich diese tolle Kette habe?", fragte sie nun.

„Nö", sagte Mirella. „Das interessiert mich überhaupt nicht."
Ihre Freundinnen Lalina und Sike nickten.
Zuerst jedenfalls. Dann jedoch fingen
sie an herumzudrucksen.

„Na jaaa ...", sagte Sike zögernd.

Verlegen strich sie

über ihren Schuppenschwanz.

„Vielleicht ...", meinte Lalina und wickelte

sich eine ihrer blonden Haarsträhnen

um den Finger.

In Mirella stieg Zorn auf.

„Was denn jetzt?", fragte Raja ungeduldig.

„Du könntest es uns ja einfach erzählen", sagte Sike schnell.
Mirella kniff ihr warnend in den Arm, doch Sike meinte nur:
„Wieso denn nicht? Was ist schon dabei?"
„Außerdem sieht die Kette doch wirklich hübsch aus", sagte
Lalina.
Raja reckte ihr spitzes Kinn hervor und lächelte süß.
„Es ist ein ganz besonderer Ort, an dem meine Mutter und
ich diese wundervollen Perlen gefunden haben", säuselte sie
und klimperte geheimnisvoll mit ihren langen schwarzen
Wimpern.
Lalina und Sike machten große Augen und auch Mirellas
Interesse war geweckt. Sie versuchte sich jedoch nichts anmer-
ken zu lassen und spielte gelangweilt mit einem kleinen Krebs.

„Ich weiß nicht, ob ich es euch wirklich verraten soll", sagte Raja. „Immerhin haben meine Mutter und ich diesen Ort gefunden und wir möchten natürlich nicht, dass gleich alle dorthin schwimmen und sich Perlen, Ringe und Broschen holen."

Sike riss ihre Augen weit auf.

„Sind dort etwa noch mehr Schätze?",

rief sie.

Raja stöhnte gelangweilt.

„Ja, was denkst du denn?", sagte sie.

„Und wo?", fragte Lalina.

Sie wedelte aufgeregt

mit ihrer Flosse hin und her.

„Hast du nicht richtig zugehört?", erwiderte Mirella ungeduldig. „Das verrät Raja uns nicht. Denn natürlich will sie die ganzen Klunker nur für sich behalten."

Rajas grüne Augen wurden so schmal wie Austernschlitze. „Du hast es erfasst", zischte sie böse. „Für mich und meine Mutter. Davon abgesehen wärst du ohnehin die Allerletzte, die ich in ein solches Geheimnis einweihen würde."

Sike und Lalina sahen sich erschrocken an.

„Das brauchst du auch gar nicht", sagte Mirella. „Es gibt nicht viele Orte, an denen man Perlenketten, Ringe und Broschen finden kann. Glaub bloß nicht, dass ich nicht weiß, wo das ist."

Raja stemmte die Hände auf ihre Hüften. Sie bog sich weit nach hinten und fing lauthals an zu lachen. Unzählige Blubberblasen sprudelten aus ihrer Nase.

„Du hast nicht die geringste Ahnung!", stieß sie schließlich hervor. „Und selbst wenn, würdest du dich sowieso nicht dorthin trauen."

Narbors Verbot

„Raja ist eine blöde Angeberin",

sagte Mirella, als die Schule zu Ende war.

„Jaaa, schon", gab Sike zu.

„Trotzdem", meinte Lalina.

„Ihre Kette ist wirklich sehr hübsch."

„Egal", sagte Mirella.

„Find ich nicht", erwiderte Sike.

Lalina nickte. „Ich möchte zu gerne wissen,

wo Raja sie gefunden hat."

„Ach, ihr seid ja blöd", sagte Mirella

und schwamm hastig davon.

Mirella war noch nicht zu Hause angekommen, da bereute sie bereits, was sie gesagt hatte. Natürlich waren Sike und Lalina nicht blöd. Seit Mirella denken konnte, waren die beiden ihre besten Freundinnen. Jeden Tag trafen sie sich am Muschelfelsen und noch nie hatte es Streit zwischen ihnen gegeben.
„Ich werde sie nachher am Muschelfelsen treffen", murmelte Mirella. „Ganz bestimmt."
Doch wirklich sicher war sie sich nicht. Also fasste sie einen Entschluss.

Mirella wohnte mit ihrem Vater Narbor
in einer Steinhöhle.
Früher waren die Wände mit Muscheln,
Korallen und Anemonen
bewachsen gewesen.
Seesterne hatten auf ihr gelebt
und viele kleine bunte Fische
waren kreuz und quer
darin herumgeschwommen.

Doch seitdem Mirellas Mutter Tessaja verschwunden war,
wucherten überall Algen und dunkle Schwämme. Die Seeanemonen hatten sich vom Felsgestein gelöst und waren
davongetrieben. Auch die bunten Fische kamen immer sel-
tener zu Besuch. Stattdessen waren Seespinnen, Garnelen
und Krebse eingezogen. Das Wasser in der Höhle wurde
von Tag zu Tag trüber und Narbor immer schweigsamer.
Manchmal mochte Mirella schon gar nicht mehr nach
Hause kommen. Die Traurigkeit ihres Vaters drückte ihr
aufs Herz.

Immer saß er nur auf seinem Stein,
ließ die Schultern hängen
und starrte vor sich hin.
Meistens machte Mirella
einen großen Bogen um ihn.
Aber heute musste sie mit ihm reden.

Bestimmt waren Sike und Lalina heute zu Hause geblieben, um ihrer Freundin zu zeigen, dass sie ernsthaft sauer auf sie waren.

Und deshalb gab es für Mirella jetzt nur zwei Möglichkeiten: Entweder vertraute sie darauf, dass morgen in der Schule alles von ganz allein wieder in Ordnung käme oder sie musste sich bei Sike und Lalina entschuldigen, was ihr aber schrecklich schwerfallen würde.

Natürlich wusste Mirella, dass sie einen Fehler gemacht hatte. Den jedoch offen zuzugeben, war eine ganz andere Sache. Außerdem hatte sie mächtig Angst davor, dass die Freundinnen ihre Entschuldigung womöglich gar nicht annehmen würden. Und das war so ziemlich das Schlimmste, was sie sich vorstellen konnte.

Ach, Mama, dachte Mirella.
Warum nur bist du einfach
fortgeschwommen?
Wieso hast du Papa und mich
allein gelassen?
Du könntest mich jetzt trösten.

Mirella presste die Lippen aufeinander. Sie wollte nicht weinen. Wenn sie weinte, wurde alles nur noch schlimmer. Nein, sie musste etwas tun. Und an ihre Mutter wollte sie jetzt nicht mehr denken.

Plötzlich hatte sie eine Idee!
Sie konnte das Wrack auch allein suchen.
Es befand sich irgendwo
hinter dem großen Riff.

Da war Mirella sich ganz sicher.
Vielleicht würde sie dort
ebenfalls Schmuck finden.
Und den konnte sie dann
Sike und Lalina schenken.

Mirella streckte die Arme aus und stieß sich mit der Flossenspitze vom Muschelfelsen ab. Ein Schwarm Clownfische stob erschrocken auseinander. Einige Muscheln öffneten sich und ließen winzige Bläschen zur Wasseroberfläche aufsteigen. Mirella kümmerte sich nicht darum. Sie musste sich beeilen, denn schon bald würde es dunkel werden. Und dann wäre ihr Vorhaben wirklich gefährlich.

Sie verdrängte die Worte ihres Vaters aus ihren Gedanken. Mit schnellen und kräftigen Schwimmbewegungen stob sie davon, tauchte durch enge steinige Tunnel, umrundete wogende Algenbüsche und wich in letzter Sekunde einem Rochen aus, der sich urplötzlich vom Meeresboden erhob.

Endlich erreichte Mirella das große Riff.

Es ragte steil auf und war über und über

mit Korallen und Blumen besetzt.

Es endete unter der Meeresoberfläche.

Hinter ihm ging es tief bergab

in eine dunkle Schlucht.

Mit klopfendem Herzen näherte Mirella sich dem Abhang. Nie zuvor war sie allein so weit von zu Hause fortgeschwommen. Narbor würde toben, wenn er es wüsste. Er durfte niemals davon erfahren.

Ein Seepferdchen tauchte unter ihr aus der Dunkelheit auf. Es sah Mirella mit ängstlichen Augen an und verschwand dann hastig hinter einer rot leuchtenden Koralle.

Angestrengt starrte Mirella in die Tiefe. Dort unten musste irgendwo das Wrack liegen. Eine trübe kalte Strömung kam ihr entgegen. Mirella fröstelte.

Ein mulmiges Gefühl

machte sich in ihr breit.

Aber es half nichts.

Sie musste da runter.

Und zwar schnell!

Sie musste vor dem Abend

zurück sein.

Sonst verirrte sie sich womöglich

in der Finsternis.

Kurzentschlossen legte Mirella die Arme an den Körper und ließ sich kopfüber in den Abgrund gleiten. Das Wasser war eisigkalt und die Strömung stark. Je tiefer Mirella hinuntertauchte desto enger wurde die Schlucht. Die Felswände hatten scharfe Kanten und überall ragten unzählige Steinspitzen hervor. Mirella musste höllisch aufpassen, dass sie sich nicht daran verletzte.

Nach einigen Metern umfing sie nahezu undurchdringliche Dunkelheit. Mirella stoppte und wandte den Kopf nach oben. Die Kante des Abgrunds, auf dem sie gerade noch gestanden hatte, konnte sie immer noch gut erkennen. Zögernd sah sie wieder in die Tiefe. Wann würde sie das Schiffswrack erreichen? An das kalte Wasser hatte sie sich mittlerweile gewöhnt, aber die Dunkelheit machte ihr Angst.

„Hey!", hörte Mirella plötzlich eine Stimme rufen. „Mama, ich glaube, ich habe noch eine weitere Kiste entdeckt!"

Die Stimme drang von unten aus der Schlucht zu ihr herauf und sie gehörte eindeutig Raja.

Es konnte nicht mehr weit sein.

Mirella machte einen Flossenstoß.

Und tatsächlich: Da unten war es!

Das Schiffswrack!

Es sah aus wie ein riesiger Wal.

Mirella musste vorsichtig sein. Raja und ihre Mutter durften sie auf keinen Fall entdecken. Vielleicht sollte sie doch lieber zurückschwimmen und morgen noch einmal wiederkommen? Da hörte Mirella eine weitere aufgeregte Stimme. „Beeilt euch! Wir bekommen den Deckel nicht auf!"

Sike! Das war ja Sikes Stimme!

Mirellas Herz krampfte sich zusammen. Sike war hier! Zusammen mit Raja und deren Mutter!
„Sie lässt sich nicht öffnen!", rief Raja. „Los, schnell, Lalina, Mama, helft uns!"
„Lalina", murmelte Mirella. „Lalina und Sike!"
Raja hatte die beiden also rumgekriegt. Mirellas beste Freundinnen waren heute nicht zu Hause geblieben: Nein, sie hatten sich dieser dummen Angeberin angeschlossen und waren mit ihr auf Schatzsuche gegangen. Bestimmt kamen sie morgen ebenfalls mit Ketten, Ringen und Broschen geschmückt in die Schule.

Mirella bebte vor Wut.

Sie war zornig auf Raja.

Was fiel dieser blöden Seekuh ein,

Mirella einfach ihre Freundinnen

auszuspannen!

Plötzlich kamen die Stimmen näher.

„Seid nicht traurig, Mädchen", sagte eine Frauenstimme. „Wir versuchen es morgen noch einmal. Die Kiste treibt uns ja nicht davon. Außer uns wagt sich ohnehin keiner hierher."

„Bist du sicher, Mama?", fragte Raja, die in diesem Moment aus einem der runden Bullaugenfenster des Schiffes herausgeschossen kam. Erschrocken wich Mirella zurück. Sie glitt ein Stück nach oben und sah sich hektisch nach einem Versteck um.

„Ganz sicher, meine Süße", hörte sie Rajas Mutter erwidern. „Narbor, dieser verrückte Kerl, erzählt nämlich überall, dass von diesem Schiffswrack eine ungeheure Gefahr ausgeht." Sie lachte laut. „Das ist natürlich vollkommener Blödsinn!"

„Na ja", erwiderte Lalina, die Raja durch das Bullauge gefolgt war, „ein bisschen unheimlich ist es hier schon. So dunkel und so kalt."

Mirella verbarg sich hinter

einer langen Felsspitze.

Sie sah, wie Sike aus der Bugtür kam.

Die Freundin trug eine funkelnde Kette

um den Hals.

„Oh, wie hübsch!", rief Raja.

„Da wird Mirella aber neidisch sein!"

„Mirella ist blöd", sagte Sike.

Lalina nickte. „Find ich auch."

„Sie ist nicht mehr unsere Freundin", sagte Sike. Sie
schwamm auf Raja zu und umarmte sie. „Du bist jetzt
unsere allerbeste Freundin."
Raja strahlte über das ganze Gesicht. Sie streckte ihre Hand
nach Lalina aus. Und dann tanzten die drei Meermädchen
laut juchzend und mit den Flossen wedelnd im Kreis herum.

Mirella schluckte.

Ihre Augen brannten.

Aber sie wollte jetzt nicht weinen.

Nicht wegen Raja.

Oh, wie sie diese Angebernixe verachtete!

Mirellas Schatz

Mirella wartete, bis Sike, Lalina, Raja und ihre Mutter das Schiffwrack verlassen hatten. Sie wagte es kaum zu atmen, als die vier nur eine Armlänge von ihr entfernt vorbeischwammen. Aber hinter der Felsspitze blieb Mirella zum Glück unentdeckt.

Erst als die Nixen außer Sichtweite waren, kam Mirella aus ihrem Versteck hervor. Entschlossen stieß sie auf das Wrack zu. Sie wollte wissen, was es mit der Kiste auf sich hatte. Vielleicht fand sie ja ein Werkzeug oder sogar einen Schlüssel, mit dem sie sich öffnen ließ. Und womöglich lag darin sogar der prächtigste und wertvollste Schatz des ganzen Schiffes verborgen.

Vielleicht würde Mirella einen hübschen Reif für ihr Haar entdecken. Raja würden die Augen aus dem Kopf fallen. Bestimmt würde sie kochen vor Wut.

Und zwar so sehr, dass man einen Topf voller Austern auf ihr garen konnte. Sike und Lalina wären wieder Mirellas Freundinnen. Zu dritt würden sie das Schiffswrack besuchen und sich die allerschönsten Kostbarkeiten aus der Kiste angeln!

Mirella schwelgte in den tollsten Bildern. Sie hatte schon fast vergessen, dass sie selbst eigentlich gar keinen besonderen Wert auf Klunkerschmuck legte. Hauptsache, Sike und Lalina waren wieder ihre Freundinnen.

Mirella lugte durch die Bugtür.

Im Wrack war es stockdunkel.

Das Schiff bewegte sich in der Strömung.

Es ächzte und stöhnte.

Mirellas Herz fing mächtig an zu klopfen.

Plötzlich leuchtete ein Augenpaar auf.

Mirella zuckte zurück.

Doch im nächsten Moment

war das Augenpaar

wieder verschwunden.

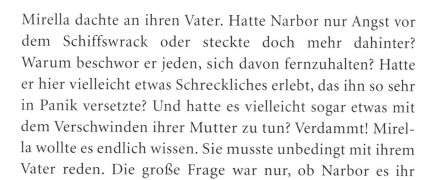

Mirella dachte an ihren Vater. Hatte Narbor nur Angst vor dem Schiffswrack oder steckte doch mehr dahinter? Warum beschwor er jeden, sich davon fernzuhalten? Hatte er hier vielleicht etwas Schreckliches erlebt, das ihn so sehr in Panik versetzte? Und hatte es vielleicht sogar etwas mit dem Verschwinden ihrer Mutter zu tun? Verdammt! Mirella wollte es endlich wissen. Sie musste unbedingt mit ihrem Vater reden. Die große Frage war nur, ob Narbor es ihr auch erzählen würde. Selbst wenn er mit ihr redete, wer garantierte ihr, dass er ihr die ganze Wahrheit sagte? Nein, je länger Mirella darüber nachdachte, desto klarer wurde ihr, dass es keinen Sinn hatte. Sie musste das Geheimnis des Schiffswracks selber erkunden.

Mirella wollte herausfinden, was mit ihrer Mutter geschehen war. Sie glaubte nicht mehr, dass Tessaja einfach fortgeschwommen war. Ganz bestimmt hätte sie ihre Familie nicht verlassen. Jedenfalls nicht freiwillig!

Mirella war so tief in Gedanken versunken gewesen, dass sie nicht gemerkt hatte, wie stockfinster es inzwischen geworden war. Noch immer lehnte sie neben der Bugtür. Noch immer schaukelte das Schiff leicht hin und her und noch immer drang dieses schreckliche Ächzen und Stöhnen aus dem Bauch des Wracks. Das glimmende Augenpaar war nicht wieder aufgetaucht, und auch sonst schien sich niemand in der Nähe aufzuhalten. Nicht einmal ein Hai oder eine Moräne hatte sich hierher gewagt.
Eine Schwanzlänge von Mirella entfernt lag eine große Muschel auf dem grauen Felsenboden. Sie öffnete sich. Ein

Krebs huschte hervor und rannte eilig davon. Mirellas Körper wurde von einem Schauder erfasst. Erst jetzt merkte sie, wie kalt ihr war. Ihre Schultern zitterten und ihre Zähne klapperten aufeinander.

Sie musste sofort hier weg!

Ängstlich sah sie nach oben.

Dort war auch alles finster.

Mirella konnte nicht einmal mehr die Felsenwand mit den scharfen Spitzen erkennen. Sie sah nur einen riesigen schwarzen Schatten, der vom Meeresgrund aus hinter ihr aufragte. Vielleicht war es besser, wenn sie die Nacht hier unten verbrachte. Auch wenn es bitterkalt war, Mirella würde schon nicht erfrieren. Gleich morgen früh, sobald die ersten Lichtstrahlen das Meer durchdrangen und bis zum Wrack hinunterleuchteten, würde sie sich auf den Rückweg machen.

Mirella gähnte.

Langsam ließ sie sich zu Boden sinken.

Er war hart und unbequem.

Mirella fror entsetzlich.

Aber sie hatte auf einmal

keine Angst mehr.

Plötzlich bemerkte sie

auf dem Boden des Schiffes

ein geheimnisvolles Blinken.

Mirella griff nach dem Blinkding, hob es auf und betrachtete es von allen Seiten. Es war kaum größer als ihr Daumennagel. Es sah aus wie eine fein gesponnene, vierblättrige Blüte mit einem länglichen Mittelkörper und fühlte sich erstaunlich fest und unbeweglich an. Außerdem blinkte es nur, wenn man es hin und her drehte und ein wenig Licht darauf fiel.

„Was bist du bloß für ein komisches Ding?", murmelte Mirella schläfrig. „Nicht besonders hübsch. Jedenfalls nicht so wie der Schmuck, den Raja hier gefunden hat."

Das würde Sike und Lalina bestimmt nicht beeindrucken. Trotzdem hatte Mirella das Gefühl, einen ganz besonderen Schatz gefunden zu haben.

Sie gähnte.

Ihre Augen fielen zu.

Ihr Kopf sank nach vorne.

Aber das Blinkding hielt Mirella

ganz fest umklammert.

Ein besonderer Freund

Nach wenigen Sekunden schlief Mirella tief und fest. Sie merkte nicht, wie die starke Strömung sie allmählich vom Schiffswrack wegtrieb. Das eiskalte Wasser in der nachtschwarzen Tiefe des Meeres hatte ihre Körpertemperatur stark heruntergekühlt. Ein Schwarm junger Aale zupfte an Mirellas Haaren und ein großer Krake beäugte sie neugierig aus der Deckung einer Korallenhöhle.
Langsam trieb Mirella weiter und weiter über einen Felsabgrund hinweg und verfing sich schließlich auf dem sandigen Grund des Meeres in einem dichten Algengewächs.

„Quä-quä-quäx!", quäkte es.

Mirella stöhnte.

Mühsam öffnete sie die Augen.

„Schnippel-schnippel-schnapp!"

Ein kleiner Krebs wuselte

vor Mirellas Nase herum.

Seine Augen drehten sich im Kreis.

„Uah, ist mir schlecht", stöhnte er. „Mjammjammjam, hab schon so viele Algen zersäbelt und gefuttert."

„Rülps", sagte der Krebs.

Er machte einen Purzelbaum zur Seite und raste um Mirellas Schulter herum.

„Schnippel-schnippel-schnapp", murmelte er vor sich hin.

„Könnte den alten Quäx rufen. Könnte es aber auch sein lassen."

„Was?", presste Mirella hervor. „Was redest du da?"

„Nix-nix-nix", brabbelte der Krebs. Er öffnete eine seiner winzigen Scheren und umklammerte eine Alge, die sich um Mirellas Oberarm gewunden hatte. „Hrrraaaaahhhh!", brüllte er. Sein Körper begann rot zu glühen und seine Augen quollen aus den Höhlen hervor.

„Grmsgrmgrmmmmmmms!", machte er, dann knackte es plötzlich und die Alge gab Mirellas Arm frei. „Hilf-mir-hilf-mir-hilf!", rief der Krebs aufgeregt. „Schwanz-ab-Flosse-ab-alleine-ab."

„Nein!", rief Mirella erschrocken.

Mit einem Mal war sie hellwach.

Hastig richtete sie sich auf.

„Schaff-nicht-schaff-nicht",

stöhnte der Krebs.

Er klapperte mit seiner winzigen Schere.

Endlich verstand Mirella, was er meinte. Sie sollte sich
selbst aus den Algen befreien.
„Schon gut", sagte sie. „Ich hab's kapiert!"
Der Krebs flitzte aufgeregt hin und her und zwinkerte
heftig mit den Augen.
„Beeil-beeile-kälte-brrr!", rief er und schwenkte seine
Scheren auf und ab.
Mirella öffnete die Hände. Dabei verlor sie das kleine
Blinkding, ohne dass sie es merkte. Sie griff nach den Algen
und wickelte sie von ihrem Schwanz ab. Doch sobald sie
eine gelöst hatte, hatte sich bereits die nächste um ihren
Leib geschlungen.

„Schnällä-schnällä-schnällä!",

spornte der Krebs sie an.

Aber Mirella schaffte es nicht.

Die Kälte hatte sie ganz steif gemacht und zog ihr alle Kraft aus dem Körper. Allmählich wurde sie wieder schläfrig. Da sprang der Krebs mit einem Satz auf ihren Bauch, krabbelte wie wild auf ihr herum und zwickte sie ab und zu mit seinen Scheren.

„Hör auf!", gluckste Mirella. „Du kitzelst mich jahahaha-hihihihi noch tot-hahaha!"

„Kribbel-kribbel-kräbbs!", brüllte der Krebs und lief immer schneller und schneller und Mirella kicherte und kicherte.

Sie lachte und lachte. „Hihihihi, hahaha!"

Sie wand sich hin und her.

Ihr Schwanz wogte auf und ab.

Immer doller, immer doller.

Die Algen wurden gedehnt,

gezerrt und gezogen.

Und plötzlich rissen sie ab.

Mirellas Schwanz war wieder frei!

Beim alten Quasselquäx

„Beeil-beeile-fröstel-brrr!", schrie der Krebs, nachdem er von Mirella heruntergesprungen war. „Lauf-lauf-lauf!"
„Ja, aber wohin?", fragte Mirella. „Außerdem kann ich gar nicht laufen. Ich habe nicht so viele Beine wie du. Ich habe doch nur meinen Schwanz."
„Schwimm-schwimm-flossel-floss!", brüllte der Krebs.
„Okay, okay", sagte Mirella. „Mir ist schon klar, dass ich hier weg muss. Und ich danke dir sehr für deine Hilfe. Aber ich weiß nicht mehr, wo ich bin. Ich war beim alten Schiffswrack. Dort habe ich …"
Sie stockte und starrte auf ihre Hände.

„Oh, Mist!", rief Mirella.

„Passiert-passiert?", fragte der Krebs.

„Mein Schatz!", rief Mirella.

„Ich habe meinen Schatz verloren!"

Traurig ließ sie die Schultern hängen.

„Ich wollte ihn Lalina schenken …

vielleicht."

„Verloren-verloren?", fragte der Krebs und zwinkerte mit den Augen. Er hob seine Scheren und säbelte unzählige Löcher ins Meerwasser. „Oh-je-oh-je-je-je-jammer-jammer!" Wieder rannte er hektisch hin und her. Plötzlich drehte er sich im Kreis, verdrehte die Augen und purzelte auf den Rücken.

„Was ist los mit dir?", rief Mirella erschrocken. „Bist du ohnmächtig?" Vorsichtig tippte sie den Krebs mit dem Finger an. „Lebst du noch?"

„Ja-ja-ja!", rief der Krebs.

„Hab-ihn-hab-ihn-hab-ihn!"

„Was hast du?", fragte Mirella.

„Den Schatz?"

„Ja-ja-ja!", rief der Krebs.

„Wo?", fragte Mirella. „Wo hast du ihn?"

„U-unter-unter!", rief der Krebs.

„Unter dir?", fragte Mirella.

Der Krebs fuchtelte mit den Scheren.

Mirella starrte ihn erschrocken an. „Du willst meinen Schatz behalten, stimmt's?", sagte sie. „Deshalb drohst du mir."
„Nein-nein-nein!", brüllte der Krebs.
Mirella überlegte. Sie traute sich nicht, den Krebs anzufassen. Viel zu groß war ihre Angst, dass er ihr mit seinen Scheren in die Haut schneiden könnte. Bestimmt hielt er das Blinkding ganz fest.
„Weißt du, was das für ein Schatz ist?", fragte sie leise.
„Ja-ja-ja!"
„Ich habe ihn im Schiffswrack gefunden", erzählte Mirella.
„Ja-ja-ja!"
„Kennst du das Wrack?", fragte sie.

„Ja-ja-ja!"

Mirella schluckte.

Es war wirklich zu schade, dass dieser kleine Quasselkrebs keine ganzen Sätze sprechen konnte, denn er schien sich hier unten gut auszukennen. Trotzdem wollte sie ihn fragen. Sie musste die Gelegenheit nutzen, obwohl sie plötzlich fürchterliche Angst hatte und schreckliches Herzklopfen bekam.

„Kennst du vielleicht meine Mutter?", fragte sie tonlos.

„Nein-nein-nein!", antwortete der Krebs.

Er hatte aufgehört mit seinen Scheren zu fuchteln. Seelenruhig lag er im Sand und hielt seine Augen abwartend auf Mirella gerichtet.

„Sie ist verschwunden. Verstehst du, einfach verschwunden."

„Ja", sagte der Krebs leise.

Dann war es für eine Weile absolut still um die beiden herum.

Mirella dachte an ihren Vater.

Sie sah sein trauriges Gesicht vor sich. Und sie hörte die Verzweiflung in seiner Stimme, als er ihr verboten hatte, zum Schiffswrack zu schwimmen. Sie hatte es trotzdem getan.

Und nun musste er denken, dass auch sie verschwunden war.

Bestimmt war Narbor nun noch verzweifelter. Mirella fragte sich, ob er wohl nach ihr suchen würde.

„Komm-komm-komm!", rief der Krebs plötzlich aufgeregt.

Er krabbelte einfach los.

„Warte doch!", rief Mirella.

Hastig schwamm sie ihm hinterher.

„Wohin willst du denn?"

„Alter-alter-Quäx!", rief der Krebs.

Er raste über den Sandboden.

Plötzlich stoppte er vor einem großen Riff.

„Meer-Meer-Meer-zu-zu-zu-Ende-Ende!", rief er und verschwand in einer großen Seeanemone, die am Fuße des Riffs wuchs.

„Das Meer ist hier zu Ende?", fragte Mirella ungläubig. Sie sah sich nach allen Seiten um. Das Wasser war viel klarer als in der Nähe des Schiffswracks. Und wärmer war es zum Glück auch! Aber dass das Meer an dieser Stelle zu Ende sein sollte, konnte Mirella beim besten Willen nicht erkennen.

„Krebs, wo bist du?", rief sie in die Anemone hinein. „Und wo finde ich den alten Quäx, von dem du gesprochen hast?" Die Stängel der Anemone wogten hin und her. Plötzlich schoss ein Schwarm Clownfische daraus hervor und stob erschrocken davon. Vorsichtig bog Mirella die Stängel auseinander und blickte in ein Loch.

Hinter der Anemone schien

eine Höhle zu sein.

Mirella zögerte.

Aber dann schwamm sie doch darauf zu.

Plötzlich gab es einen lauten Knall.

Mirella erschrak.

Im nächsten Moment traf sie

ein Schwall Wasser

und drückte sie zurück.

„Zum Donnerwetter noch mal!", polterte eine kehlige Stimme aus dem Inneren der Höhle. „Das ist Mirella Meermädchen. Allerhöchster Besuch. Sie hat einen Schatz gefunden. Lass sie sofort vorbei."

„Nicht gesehen! Tut mir leid", erwiderte ein feines Stimmchen.

Mirella sah, wie ein Fisch aus einer Röhre im Meeresgrund hervorkam. Ein ulkiger Krebs heftete sich mit seinen langen Fühlern sofort an ihn und ließ sich von ihm fortführen.

„Und nun komm herein", sagte die kehlige Stimme in der Höhle.

Langsam schwamm Mirella ein weiteres Mal auf den Höhleneingang zu.

Sie steckte den Kopf hindurch.

Die Höhle war klein, aber sehr hübsch.

Es gab Korallen und Trompetenblumen
in vielen bunten Farben.

Mitten darin lag eine große Muschel.

In der Muschel hockte der Krebs.

„Bist du der alte Quäx?", fragte Mirella erstaunt.

Rätsel um den Blinkdingschatz

„Und ob!", rief der Krebs.

„Ich bin uralt.

Und ich weiß mehr

als der alte Narbor."

„Außerdem kannst du ohne Wiederholungen und in voll-
ständigen Sätzen reden", stellte Mirella erstaunt fest.

„Ja, aber nur, wenn ich in meiner Muschel sitze", erklärte
der Krebs. „Hier fühle ich mich sicher. Ich muss nicht ständig
herumrennen und aufpassen, dass mir nichts geschieht."

„Das verstehe ich", sagte Mirella. „Könntest du mir denn
jetzt vielleicht sagen, ob das Schiffswrack etwas mit dem
Verschwinden meiner Mutter zu tun hat?", erkundigte sie
sich und sofort wurde ihr wieder weh ums Herz.

„Nun ja", sagte der Krebs. „Nichts Genaues weiß man
nicht."

„Das heißt, du weißt es?", rief Mirella aufgeregt.

„Nichts Genaues", betonte der Krebs. „Nur, dass die Lösung
deiner Frage hinter dem Riff liegt, wo das Meer zu Ende
ist."

„Ach, komm schon", sagte Mirella. „Du weißt bestimmt
noch mehr. Ich schenke dir meinen Schatz, wenn du mir
sagst, was sich hinter dem Riff verbirgt."

„Oh nein!"
Der alte Quäx
öffnete seine Scheren.
Das Blinkding
fiel vor der Muschel
auf den Boden.
„Nimm es!", sagte er.
„Und dann schwimme dorthin,
wo das Meer zu Ende ist."

Mirella sah den alten Quäx-Krebs zweifelnd an.
„Also gut", sagte sie schließlich. „Ich will es versuchen."
Was hatte sie schon zu verlieren?

Mirella schnappte sich
das Blinkding
und umklammerte es fest.
Dann verließ sie die Höhle
und tauchte vor dem Riff
langsam nach oben.

Je höher sie kam, umso prächtiger war das Riff besiedelt. Mirella bestaunte leuchtend bunte Korallen und farbenprächtige Fische in allen Formen und Größen. Außerdem wurde das Wasser immer heller und wärmer. Als sie schließlich das obere Ende des Riffs erreichte, blickte sie auf eine lange Sandbank, auf der die Lichtstrahlen tanzten. Nur wenige Meter über ihr erstreckte sich das schönste und tiefste Blau, das sie jemals gesehen hatte.

Langsam ließ Mirella sich nach oben treiben und plötzlich durchstieß ihr Kopf die Wasseroberfläche. Auch die Sandbank setzte sich über dem Meeresspiegel fort und endete in einem grün bewachsenen Hügel, auf dem die wunderlichsten Anemonen und Meerblumen wuchsen. Darüber tanzten bunte Flatterdinger, die dem Blinkding, das Mirella im alten Schiffswrack gefunden hatte, sehr ähnlich sahen.

„He, du!", ertönte hinter ihr eine Stimme.

Mirella wirbelte herum.

Direkt vor ihr trieb ein Boot.

Darin stand eine Nixe.

Sie hatte keinen Fischschwanz.

An seiner Stelle

wuchsen zwei Stelzen aus ihrem Po.

„W-wer bist?", rief Mirella erschrocken. „Was machst du hier?"

„Ich heiße Maike", sagte das Mädchen. „Ich paddele hier mit meinem Boot herum. Der Strand gehört nämlich meinem Vater."

„Weißt du, wie diese Flatterdinger heißen?", erwiderte Mirella und deutete zögernd auf das grüne Riff.

„Aber klar." Maike nickte eifrig. „Das sind Schmetterlinge."

„So einen habe ich tief unten im Meer gefunden", erzählte Mirella. Sie streckte den Arm aus dem Wasser, öffnete ihre Hand und hielt Maike das Blinkding entgegen. „Dort ist ein Schiffswrack und …"

„Ein Schiffswrack?", kreischte Maike.
Entsetzt riss sie die Augen auf.

Ein bisschen sahen sie so aus wie die Augen, die Mirella aus dem Schaffswrack entgegengeleuchtet hatten. Hastig wischte sie diesen Gedanken beiseite.

„Wer bist du?", keifte Maike.
„Etwa eine Nixe? Dann hau bloß ab!"
Außer sich vor Angst stieß sie
ihr Paddel ins Wasser und ruderte
hastig zum grünen Riff zurück.

Mirella war wie vor den Kopf gestoßen. Sie verstand nicht, warum das Mädchen mit den Stelzenbeinen sich vor ihr und ihrem Blinkdingschatz so fürchtete. Verwirrt ließ sie sich unter die Wasseroberfläche sinken und tauchte nach einem kurzen Zögern über das Riff hinweg in die Tiefe.
Schon bald erreichte Mirella die Schlucht, in der das Schiffswrack lag und schwamm eilig daran vorbei. Sie wollte so schnell wie möglich nach Hause zu ihrem Vater. Doch dann fiel ihr ein, dass Narbor sich bestimmt furchtbar aufregte, dass sie die ganze Nacht nicht zu Hause gewesen war. Aber mit irgendjemandem musste Mariella über ihre Begegnung mit dem Stelzenmädchen reden. Und so steuerte sie kurz entschlossen die Nixenschule an.

Ein Meermädchen verschwindet

Es war Frühstückspause.

Sike, Lalina und Raja saßen

auf dem Korallenriff

und knabberten Algenkrosties.

Als sie Mirella bemerkten, stießen sie sich gegenseitig an und kicherten.

„Guckt mal!", rief Sike. „Wie sieht die denn aus?"

Raja nickte. „Total fad und blass", höhnte sie. „Kein bisschen Schmuck."

„Nicht einmal den klitzekleinsten Ring hat sie am Finger", spottete Sike und streckte Mirella ihre Hände entgegen, an deren Fingern es vor Ringen nur so glitzerte und funkelte.

„Das gehört nicht euch", sagte Mirella. Mit einem Mal wurde ihr klar, dass es zwischen dem Mädchen im Boot und dem Schiffswrack einen Zusammenhang geben musste.

Raja warf ihren Kopf zurück.

„Sondern?", fragte sie drohend.

„Einem Mädchen und ihrem Vater", erzählte Mirella. Ihre Stimme überschlug sich fast, so aufgeregt war sie plötzlich. „Sie wohnen hinter dem Riff. Dort, wo das Meer zu Ende ist."

„Du spinnst doch!"

Lalina tippte sich an die Stirn.

„Das Meer ist nirgendwo zu Ende.

Es ist überall."

„Und wo kommt das Schiffswrack dann her?", erwiderte Mirella.

Lalina, Sike und Raja senkten ihre Köpfe und schwiegen.

„Es muss vom Meeresende zu uns heruntergesunken sein", sagte Mirella. „Es kommt aus einer anderen Welt, wo es keine Meermenschen gibt, sondern nur Riffmenschen."

„Landmenschen", korrigierte Lalina. „Es sind Landmenschen. Mein Vater hat mir von ihnen erzählt."

„Das kann ja alles sein", presste Raja hervor. „Allerdings ist die Welt der Landmenschen unendlich weit weg. Mirella lügt, wenn sie behauptet, dass sie mit einem von ihnen gesprochen hat. Sie will sich nur wichtig machen!"

Mirella blähte empört die Nasenlöcher auf. Oh, wie sehr sie diese dumme Raja verabscheute!

„Aber ich habe das grüne Riff gesehen", verteidigte sie sich. „Außerdem die flatternden Fische, die die Landmenschen Schmetterlinge nennen und ein Boot, in dem das Mädchen stand."

„Das will ich auch sehen!", sagte Sike.

„Du musst es uns zeigen!",

rief Lalina aufgeregt.

„Pah!", sagte Raja.

„Landmenschen sind doch langweilig.

Aber Lalina und Sike beachteten sie nicht. Sie hatten sich bereits bei Mirella untergehakt und schwammen nun zielstrebig in Richtung Riff davon.

Raja fluchte. „Wartet doch!", rief sie und beeilte sich, den dreien hinterherzukommen.

Mirella, Sike, Lalina und Raja schwammen über das Wrack hinweg. Unterwegs erzählte Mirella ihnen von Quäx, dem Quasselkrebs. Lalina und Sike lauschten gespannt. Raja, die ein Stück hinter ihnen schwamm, schüttelte immer wieder den Kopf. Offenbar fiel es ihr wirklich schwer, Mirellas Geschichte zu glauben.

Schon bald erreichten sie das Küstenriff.

Sie schwammen über die Sandbank

bis zum Ufer.

Aber von Maike fehlte jede Spur.

Nicht einmal ihr Boot war da.

„Lügnerin", sagte Raja.

Sike und Lalina guckten zweifelnd.

„Aber ich habe nicht gelogen", beteuerte Mirella. „Ehrlich nicht!" Sie wandte sich noch einmal nach allen Seiten um. Da sah sie, dass sich eines der Schiffe in der Ferne in Bewegung setzte und langsam auf das Meer hinausglitt.
„Es kommt auf uns zu!", schrie Sike entsetzt.
„Nein, das tut es nicht", antwortete Mirella. „Ich glaube, es steuert direkt auf die Stelle zu, an der das Wrack liegt."
„Vielleicht sinkt es ja auch zu uns herunter!", jubelte Lalina.

„Und vielleicht hat es noch viel schöneren Schmuck gela-
den."
Sie wirbelte herum, ließ sich über die Sandbank gleiten und
tauchte über das Riff in die Tiefe.

„Sie ist verrückt", murmelte Sike.

„Wo will sie denn hin?"

„Hoffentlich nicht zum Schiff",

sagte Mirella.

Sie dachte an Maikes erschrockenes Gesicht und plötzlich stieg eine dunkle Ahnung in ihr auf.

„Ihr nach!", rief sie und tauchte, ohne auf Sike und Raja zu achten, hinter Lalina her.

Pfeilschnell schoss Mirella unter der Wasseroberfläche entlang und hielt genau auf den Kiel des Schiffes zu. Mirella sah die mächtigen Schiffsschrauben, die sich wirbelnd im Wasser drehten, und achtete darauf, nicht in ihre Nähe zu geraten.

„Lalina, wo bist du?", rief Mirella.

Suchend blickte sie sich um.

Doch sie konnte die Freundin

nicht entdecken.

In letzter Sekunde

bemerkte Mirella das Netz.

Es schwebte genau vor ihr und

es war ganz fein gesponnen

und fast unsichtbar.

Erschrocken wich Mirella zurück.

Sie stieß gegen Raja und Sike.

„Los, weg hier!", rief Mirella.

„Ich glaube,

das Schiff hat Lalina gefangen!"

Eine seltsame Pflanze

Mirella, Sike und Raja wirbelten herum und tauchten so schnell sie konnten in die Tiefe. Sie durchschwammen Fischschwärme und einen Felsentunnel und versteckten sich schließlich in einer riesigen Seeanemone.

„Und was ist mit Lalina?", stieß Sike hervor. „Wir können sie doch nicht den Landmenschen überlassen."

„Vielleicht haben sie sie ja gar nicht mitgenommen", keuchte Raja. „Ich schwimme jedenfalls nicht zu diesem schrecklichen Schiff zurück."

Mirella nickte nachdenklich. „Du hast recht, das ist viel zu gefährlich", sagte sie. „Aber vielleicht könnten wir Lalina eintauschen."

„Eintauschen?" Sike tippte sich an den Kopf. „Wogegen denn?"

„Gegen den Schmuck aus dem Wrack", sagte Mirella.

Raja schüttelte den Kopf. „Der Schmuck gehört uns. Wir haben ihn gefunden", knurrte sie. „Meine Mutter und ich."

„Aber vorher hat er den Landmenschen gehört", widersprach Mirella entschieden. „Vielleicht lassen sie Lalina frei, wenn wir ihnen den Schatz zurückbringen."

„Wir müssen es versuchen", sagte Sike.

Aber Raja schüttelte nur den Kopf.

Sie wollte ihre schönen Ketten, Ringe

und Broschen nicht wieder hergeben.

„Und ich dachte, du bist unsere Freundin", sagte Sike wütend und enttäuscht. „Aber da habe ich mich wohl geirrt. Du wolltest bloß mit dem blöden Schmuck angeben. Ich aber möchte Lalina zurück!"

„Gut", sagte Mirella. Sie fasste Sike am Handgelenk. „Dann schwimmen wir jetzt sofort zum Wrack und schauen, was noch da ist." Sie funkelte Raja zornig an. „Du kannst dein blödes Zeug ja behalten, wenn du meinst, dass so ein paar Klunker mehr wert sind, als eine Freundin."

Raja starrte Mirella und Sike stumm an. Dann wirbelte sie herum und schwamm eilig davon.

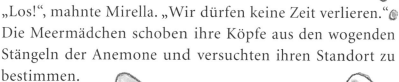

„Los!", mahnte Mirella. „Wir dürfen keine Zeit verlieren." Die Meermädchen schoben ihre Köpfe aus den wogenden Stängeln der Anemone und versuchten ihren Standort zu bestimmen.

„Ich glaube, es ist nicht mehr weit“, sagte Mirella.

„Du warst also auch schon mal dort“, erwiderte Sike erstaunt.

Mirella nickte, erzählte aber nicht, was sie dort beobachtet, gehört und gefunden hatte. Auch die seltsamen Augen, die ihr aus dem Schiffsrumpf entgegengestarrt hatten, erwähnte sie nicht. Mirella hoffte inständig, dass sie ihnen nicht noch einmal begegneten.

„Das Wrack liegt in diese Richtung“, sagte sie und deutete in die Tiefe des Meeres. Die Meermädchen schwammen sofort los und erreichten schon nach kurzer Zeit die Schlucht. Beherzt tauchten sie in die Dunkelheit hinunter und glitten lautlos auf die Bugtür des Schiffsrumpfes zu.

„Es ist stockfinster da drin“, wisperte Sike.
„Hoffentlich finde ich die Kiste
mit dem Schmuck.“

Hoffentlich haben Raja und ihre Mutter überhaupt noch etwas übrig gelassen, dachte Mirella.

Mit wild pochendem Herzen folgte sie Sike ins Innere des Wracks. Tatsächlich war es so dunkel darin, dass man kaum etwas erkennen konnte. Und wieder spürte Mirella die eisige Kälte.

„Versuch dich zu erinnern!“, trieb sie ihre Freundin an. „In welche Richtung seid ihr geschwommen?“

„Einfach geradeaus", murmelte Sike.
Sie machte einen kräftigen Flossenschlag
und tauchte tiefer in die Finsternis hinein.
„Oh, da ist sie ja!", rief sie plötzlich.
Sofort war Mirella bei ihr.

Sike hob den Deckel der Kiste an
und die Meermädchen schauten hinein.
Aber die Kiste war leer!
„Oh, so ein Mist!", rief Mirella verzweifelt.
Plötzlich war sie schrecklich wütend
auf Raja.

„Nicht-wichtig-nicht-nicht", ertönte da eine Stimme, die
Mirella gleich wiedererkannte.
„Quäx?", rief sie. „Alter Quasselquäx, bist du das?"
„'türlich-türlich-wer-sonst-sonst!", rief der Krebs aufge-
regt. „Folgt-folgt-beide-folgt!"
„Weißt du etwa, wo noch mehr Schmuck ist?", fragte Mirella,
die den Krebs nicht sehen konnte. „Die Menschen haben
Lalina gefangen. Wir müssen ihnen ein Geschenk bringen.
Vielleicht lassen sie unsere Freundin dann wieder frei."
„Weiß-weiß-folgt-folgt!", antwortete der Krebs.
Angestrengt blickte Mirella in die Richtung, aus der seine
Stimme kam, konnte ihn aber nicht entdecken. Es war ein-
fach zu dunkel.

„Folgt-folgt-folgt!", rief Quäx.

Seine Stimme entfernte sich.

Lauschend schwamm Mirella hinterher.

„Und wenn er uns in eine Falle lockt?",

raunte Sike.

„Keine Angst", sagte Mirella.

„Wir können ihm vertrauen."

Es war einfacher, der Stimme des Krebses zu folgen als Mirella es sich vorgestellt hatte. Obwohl es stockfinster war, stießen sie nirgends an, sondern glitten ungehindert durch das eiskalte Wasser.

„Hoch-hoch-immer-hoch!", rief Quäx plötzlich.

Mirella zögerte nur einen Augenblick, dann tastete sie nach Sikes Hand. Gemeinsam ließen die Meermädchen sich nach oben treiben. Je höher sie kamen, desto wärmer und heller wurde das Wasser, bis es in einem wundervollen hellen Türkis erstrahlte. Fischschwärme umkreisten die Meermädchen und auch ein paar Quallen kamen gefährlich nahe an sie heran. Plötzlich durchstießen die Nixen die Wasseroberfläche.

Mirella drehte sich einmal um sich selbst.

Sie und Sike befanden sich in einer Grotte.

Auf einem Felsvorsprung saß eine Gestalt.
Mirella und Sike erstarrten vor Schreck.

Die Gestalt sah aus wie eine riesige Pflanze aus feinen
Fasern, aus denen ein Paar heller Augen hervorfunkelte.
„Oh Gott!", wisperte Mirella. „Ein Ungeheuer!"
„Ich hab doch gesagt, dieser Krebs lockt uns in eine Falle",
raunte Sike zurück.
Nein, das konnte Mirella sich beim besten Willen nicht
vorstellen.

Mutig schwamm sie auf die Pflanze zu.
Plötzlich teilten sich die feinen Fasern
und ein Gesicht kam zum Vorschein.
Das Gesicht einer Frau!
Sie sah Maike sehr ähnlich.

Ein mutiger Plan

Mirellas Herzschlag setzte aus. Mit offenem Mund starrte sie in das Frauengesicht.

„W-wer bist du?", stammelte sie.

„Dasselbe frage ich dich", sagte die Frau ängstlich.

„Komm weg da!", schrie Sike voller Panik. „Das ist sicher eine böse Seehexe."

Die Frau mit den langen Haaren schüttelte den Kopf und lächelte sogar.

„Schön wär's, dann könnte ich davonschwimmen", antwortete sie. „Aber leider gehöre ich nicht ins Meer. Ich wünschte, ich könnte wieder an Land und zu meinem Mann und meiner Tochter zurück."

Sie strich die Haare über ihre Schulter zurück und sah auf einmal schrecklich traurig aus.

Unwillkürlich musste Mirella an Narbor denken. Aber dann bemerkte sie etwas, das sie sofort auf andere Gedanken brachte: Am Hals der Frau baumelte eine dünne Silberkette, und an dieser Silberkette hing ein winziges abgebrochenes Blinkding.

Mirella schwamm dicht
an den Felsvorsprung heran.
Sie öffnete ihre Hand und hielt der Frau
ihren Schatz entgegen.

„Wo hast du diesen Schmetterling gefunden?", fragte die
Frau verwundert. „Er gehört zu meiner Kette."
„Unten im Schiffswrack", sagte Mirella. „Es sieht so aus, als
hättest du ihn dort verloren."
Die Frau nickte und sah nun noch trauriger aus.
„Nicht nur ihn. Mit ihm habe ich alles verloren, was mir ein-
mal etwas bedeutet hat", sagte sie. „Dabei müsste ich eigent-
lich glücklich sein, dass ich noch am Leben bin. Aber ohne
meinen Mann und meine Tochter …"
Sie brach ab, schlug sich die Hände vors Gesicht und fing
an zu weinen.
„Kann es sein, dass sie mit dem Schiff zu uns heruntergesunken ist?", fragte Sike, die sich inzwischen ebenfalls herangewagt hatte.
Die Frau nahm die Hände herunter.
„Ja, unser Schiff ist gesunken", sagte sie.

„Mein Name ist übrigens Greta. Mein Mann und viele andere Menschen waren auch auf dem Schiff. Ich hoffe, sie konnten sich retten und sind nicht dem bösen Meermann zum Opfer gefallen."

„Dem bösen Meermann?", fragte Mirella.

Meinte sie damit etwa Narbor, ihren Vater?

Mirella schüttelte den Kopf.

„Es gibt keine bösen Meermänner.

Und deine Tochter, Maike, die kenne ich!"

Greta machte große erstaunte Augen.

„Ich werde dich zu ihr bringen",

sagte Mirella.

„Wie willst du das anstellen?", entgegnete Sike. „Landmenschen können unter Wasser nicht atmen. Sie hat ein Riesenglück gehabt, dass sie diese Grotte gefunden hat. Sonst wäre sie längst ertrunken."
Verzweifelt blickte Greta von einer zur anderen.
„Ihr glaubt ja gar nicht, wie oft ich versucht habe, durch das Meer zu tauchen. Aber ich bin immer nur bis zum Wrack gekommen, um mir ein wenig von den Trinkwasservorräten zu holen. Danach musste ich so schnell wie möglich wieder in diese Grotte zurück. Glücklicherweise sind meine Haare schnell gewachsen", erzählte sie weiter.

„Unter ihnen konnte ich mich warm halten. Und Nahrung gibt es im Meer ja mehr als genug."

Mirella sah Greta nachdenklich an.

„Der Weg bis zum grünen Landriff ist weit. Aber wir werden es schaffen."

„Du bist ja verrückt", wisperte Sike aufgeregt in Mirellas Ohr. „Wenn ihr etwas passiert, bekommen wir Lalina niemals mehr zurück."

„Die Landmenschen wissen doch gar nicht, dass Maikes Mutter noch lebt", raunte Mirella zurück.

Dann winkte sie Greta und rief:

„Los, spring ins Wasser!"

Greta zögerte.

„Vertrau mir!", rief Mirella.

„Deine Leute haben

unsere Freundin gefangen.

Wir hoffen, dass sie sie freilassen,

sobald du zu ihnen zurückgekehrt bist."

Verwirrt blickte Greta die Meermädchen an. Schließlich erhob sie sich von ihrem Felsvorsprung und ließ sich zu ihnen ins Wasser gleiten.

„Tief Luft holen", sagte Mirella. „Und du musst dich ganz
lang und schmal machen. Dann werde ich dich durchs Wasser ziehen."

Ihre Augen funkelten vor Eifer. Greta sah sie unschlüssig
an, doch dann nickte sie.

„Ich will dir vertrauen", sagte sie seufzend. „Ich habe nichts
zu verlieren!"

Greta holte tief Luft.

Sie tauchte unter

und machte sich lang und leicht.

Mirella fasste sie unter den Armen.

Sie schlug mit der Schwanzflosse

und zog Greta blitzschnell

zum Wrack hinunter.

„Los-los-beeil-beeil!", rief der Quasselquäx, der dort auf sie gewartet hatte.

Wieder folgte Mirella seiner Stimme blindlings durch die Finsternis. Sie erreichte die Bugtür und stieß sich am großen Riff entlang nach oben. Mirella hoffte, dass sie auf diese Weise die Meeresoberfläche schneller erreichte. Der Weg bis zur Sandbank erschien ihr plötzlich viel zu weit. Greta lag bereits schlaff in ihren Armen. Mirella wusste, dass sie sich sehr beeilen musste. Verzweifelt schlug sie mit ihrem Schwanz. Sie nahm ihre ganze Kraft zusammen, und schoss so schnell wie ein Pfeil durchs Wasser.

Plötzlich sah sie den dunklen Schatten des Schiffes über sich. Noch einmal schlug sie kräftig mit ihrer Flosse und im nächsten Moment durchbrach ihr Kopf die Wasseroberfläche. Greta stöhnte und schnappte sofort nach Luft. Sie lebte! Sie hatten es tatsächlich geschafft!

„Hilfe!", brüllte Mirella. „Hilfe!"

Ein paar Männer

schauten über die Reling.

Dann wurde ein Boot herabgelassen.

Darin saß ein Landmensch.

Er packte Greta

und hob sie aus dem Wasser.

Zornig sah er Mirella an.

Dann wurde das Boot

wieder zum Schiff heraufgezogen.

Mirella wartete und wartete. Doch dann heulte der Motor laut auf und das Schiff fuhr langsam davon.

Und was ist mit Lalina?, dachte Mirella beklommen. Plötzlich bekam sie Angst, dass sie ihre Freundin nie mehr wiedersehen würde. Ihr Plan war nicht aufgegangen. Traurig tauchte sie unter und schwamm zum Schiffswrack zurück, wo Sike und der kleine Quasselquäx schon ungeduldig auf sie warteten.

„Greta lebt!", rief sie ihnen entgegen. „Aber ich weiß nicht, ob sie uns Lalina zurückgeben."

„Mirella!", ertönte da plötzlich Narbors Stimme über ihnen.

Mirella und Sike fuhren herum.

Narbor und Raja kamen

auf sie zugeschwommen.

Sie sahen sehr besorgt aus.

„Mirella, mein Kind!", rief Narbor.

„Ich hatte mir solche Sorgen gemacht.

Aber Raja hat mich zu Hilfe geholt.

Ist alles in Ordnung mit dir?"

Mirella nickte. „Mit Sike auch."

Narbor lachte erleichtert.

Mirella konnte sich kaum noch erinnern, wann ihr Vater das letzte Mal gelacht hatte. Sie umarmte ihn zärtlich und lächelte Raja an.

„Danke, dass du so eine gute Freundin bist", sagte sie leise. Raja errötete. Verlegen senkte sie den Kopf.

„Und was ist mit Lalina?", fragte sie ängstlich.

„Ich bin hier!", hörten sie Lalinas Stimme.

„Da-da-da!", rief der kleine Quasselquäx.

Aufgeregt raste er über den Sandboden.

„Wo?", krächzte Mirella. „Wo denn nur?"

Angestrengt blickte sie in die Richtung, aus der Lalinas Stimme gekommen war. Plötzlich lösten sich zwei Schemen aus der trüben Dunkelheit des Meeres. Und im nächsten Moment erkannte Mirella ihre Freundin Lalina und – ihre Mutter!

„Tessaja?", sagte Narbor ungläubig. „Tessaja, bist du es wirklich?"

„Ja, mein Lieber, ich bin es!"

Lachend stob die Meerfrau mit den wunderschönen grünen Augen auf ihn und Mirella zu. Sie nahm ihre Tochter in die Arme und küsste sie.

„Ich hatte also recht", sagte Narbor. „Du bist zum Wrack geschwommen und die Landmenschen haben dich dort gefangengenommen."

Tessaja nickte. „Ich war wohl zu neugierig", erwiderte sie.

„Ich wollte mir unbedingt das Schiff ansehen, das gesunken war. Die Landmenschen haben mich dort überwältigt. Später habe ich erfahren, dass sie eine Frau namens Greta suchten, die mit dem Schiff untergegangen war. Sie waren fest davon überzeugt, dass ein böser Meermann sie geraubt hatte. Aus Rache haben sie einen großen Wasserkäfig gebaut und mich darin gefangen gehalten. Ich hatte schon alle Hoffnung aufgegeben, je wieder zu euch zurückkehren zu können … Und dann brachten sie Lalina zu mir in den Käfig."

„Wir haben Greta in der Grotte gefunden",

erzählte nun Sike.

„Mirella hat sie gerettet."

Tessaja nickte.

„Und aus Dankbarkeit

haben die Landmenschen

Lalina und mich freigelassen."

„Morgen wollen sie ihre Schätze aus dem Schiff holen", fuhr Tessaja fort. „Sie hoffen, dass wir sie nicht daran hindern."
Raja blickte Mirella und ihre Mutter erschrocken an.
„Ich werde zu Hause Bescheid sagen, dass wir alles wieder zurückgeben müssen."

„Wir werden ihnen helfen", sagte Narbor.

Er und Tessaja umarmten sich glücklich.

Mirella, Sike, Lalina und Raja jubelten.

Sie fassten sich an den Händen

und schwammen freudig im Kreis.

Ab sofort waren sie

die vier besten Freundinnen des Meeres!

Erst ich ein S